KB003553

원송문학회 동인지 제1집

# 솔의 정원에서

도서출판 글벗

제1회

2023. 3.17(금).18(토).19(일). 25(토). 26(일)

장소 | 솔의 정원
(경기도 파주시 광탄면 쇠장이길 207)
연락처 | 031-948-8945

행사 내용

* 원송문학회 시화전 작품전시
* 시낭송회
* 출판기념회

문의 | 010-4842-8333 / 010-5347-6985    주최 |

## 첫 동인지를 발간하며

### 君松 김군자(원송문학회 회장)

만물이 소생하는 계절 봄, 언 땅이 녹기를 기다린 듯 머리를 내미는 새싹처럼 원송 문학회의 첫 시집이 수줍게 세상에 얼굴을 드러내게 되어 감사와 아울러 축하합니다

이 시집의 발간을 결정하고 출판까지 시간의 촉박함으로 인해 개인 각 시詩에 대한 아쉬운 부분이 있겠지만 그 동안 써놓으신 글들을 탈고하여 올려주신 회원님들께 감사드립니다.

원송 문학회 발족 10개월 만에 첫 시집을 출간하게 되어 무척이나 기쁘고 감회가 새롭습니다. 3월 초 취공 유장수 시인님의 등단과 아울러 첫 시집이 출판되어 원송 문학회에 경사가 아닐 수 없습니다. 무엇보다 원송 안기풍 시인님의 아름다운 저택 '솔의 정원'에서 매월 문학회 모임을 가질 수 있도록 장소를 제공해 주시고 물심양면으로 섬겨 주신 원송 문학회 안기풍 사무총장님께 감사드립니다. 또한 다양한 직업의 회원들이 한마음으로 행복하게 모임을 만끽할 수 있어 더욱 감사합니다

원송문학회 첫 시집을 자축하며 이것을 디딤돌 삼아 원송 문학회에 원대한 꿈들이 하나씩 이루어져 가는 모습을 상상하며 큰 기대를 걸어 봅니다

끝으로 원송문학회 첫 시집이 출판되기까지 헌신적으로 도움을 주신 글벗 최봉희 시인님과 관계자분들의 노고에 다시 한번 고맙고 감사한 마음을 전합니다

2023년 3월

## 원송문학회 동인지를 내면서

### 園松 안기풍(솔의 정원 주인장)

2022년 4월 김군자 회장님을 비롯한 3명이 모여 원송 문학회라는 모임을 시작하면서 일 년이라는 세월이 숨 바쁘게 흘렀다.

광탄면 기산리 수녀원으로 이사 와 정겹고 잔잔한 정을 느끼게 해주는 솔의 정원에서 뒤늦게 시인으로서 삶을 살아가며 자신들의 이야기를 풀어 가고 있다.

원송 문학회 평균 나이 육십 대 중반의 젊은 할아버지, 할머니, 지난날들을 회상(回想)한다. 행복한 날들, 슬픈 날들, 눈물 흘리던 그 날들이 시(詩)로 태어난다. 수필(隨筆)로 적어봅니다. 글을 쓰는 순간은 몸과 마음이 모두 청춘이다.

지난 못다 한 이야기를 별과 달에게, 꽃과 나무에게, 솔이에게 숨겨 놓았던 마음들을 털어놓는다

 일 년이라는 시간 동안, 회원들 스스로 성숙해지는 경험을 하였고 세상을 아름답게 보는 눈도 생겼다. 생각이 같은 여러 명이 모여 천국을 만들고 있다. 인생을 멋스럽게 살 줄 아는 마음이 모여 아름다운 사람들의 모임, 원송문학회가 되었다.
 원송문학회의 첫 동인지 출간이 참으로 기쁘고 행복하다.


                    2023년 3월

# ■ 차 례

# 송천(松川) 권혁국

1958년 경북 안동 출생
2022 아시아문예지 등단
별천지 만권당 부관장
30년간 서점 운영
원송문학회 이사 / 감사
원송문학회 정회원
아시아 문예 정회원
현 농부 시인 개인사업(자영업)
양주시 광적면 비암리 송천당 주인

# 벙어리장갑

송천 권형출
손글씨 채혜숙

한쪽을 잃어버릴까
끈으로이어준 벙어리장갑
서로사랑으로묶기를느낀다.

부부의끈은
믿음헌신사랑으로
백발이되어변함없이
삶을살았다생각하면
더바랄것없는 행복이다.

# 벙어리장갑

 − 시 松川 권혁국, 손글씨 엮음 채혜숙


한쪽을 잃어버릴까
끈으로 이어준 벙어리장갑
서로 사랑으로 온기를 느낀다

부부의 끈은
믿음 헌신 사랑으로
백발이 되어 변함없이
삶을 살았다 생각하면
더 바랄 것 없는 행복이다

# 새싹

뽀드득 뽀드득
소리가 들리는 것 같다
살얼음이 녹으면서
올라오는 파란 미소

참 애기 같은 미소
올 일 년을 어떻게 버틸지

탄생은 아름다움의 연속
희망의 노래를 들려주는 너
무한한 용기에 감동을 준다

# 돌

큰 돌 작은 돌이
옹기종기 모여서
마을을 만들었네

큰 돌은 큰 돌대로
작은 돌은 작은 돌대로
다 소중한 존재다

큰 돌을 지탱하기 위해서는
작은 돌의 희생이 따르고
작은 돌은
큰 돌 그림자 안에서
평화를 찾는다

세상사 모든 것이 미미한
존재이지만
서로가 서로를 인정하고
의지해야만
생을 영위할 수 있다
나만의 삶은 상상할 수 없다

# 엄마의 하루

엄마 해님 떠 있을 때
데리러 오세요
손가락 약속
그래그래 꼭 지킬게
그 약속을 할 수가 없구나
오늘도
달님보고 데리러 가네
엄마의 자화상
아빠는 어디로 갔을까

# 흐르는 물

물이 흐르는 것은
평화로 보이지만
저마다 생각이 있다
작은 돌에 부딪친 놈
큰 바위에 부딪친 놈
느끼는 대로
내게 다가오는 것은
감정이 천차만별
작은 것에 노하고
큰 것을 소홀한 게 아닌지
스스로 선택한 것이
내 인생이다

# 회상

부모님께 어떤 자식일까
창가에 앉아 망상에 잠긴다

버스비가 아까워
십 리 길 읍내 5일 장날
소쿠리 머리에 이고
젖먹이를 등에 업고
산비탈을 지나 오솔길, 신작로길
읍내 번화가 돌아오는 길

한 손에 고등어자반
소쿠리에는 갖은 생활용품
힘들어도 등에 온기를 느끼며
새근새근 곤히 잠든 아이 모습
육신은 힘들어도
마음은 행복의 날갯짓을 한다

엄마는
어린아이로 돌아가는데
자식은
철없는 행동만 한다

# 군송(君松) 김군자

우석대학교 식품영양학과 졸업
백석예술대학교 유아교육과 졸업
웨스트 민스터 신학교 신학과 졸업
반석 선교원 원장 10년
보육교사, 미술치료사
심리상담사
(현) 원송문학회 회장

할니쥐에 Candy

글송 김순자
손글씨 채혜숙

함니~
손녀가 부른다
채현아~ 왜?
응~래~!
우유를 달라 타
두 아디에 우유 병을
들고 달려가는
함니쥐에
Candy

# 함니 귀에 Candy

– 시 君松 김군자, 손글씨 열음 채혜숙


함니~~
손녀가 부른다
채현아~ 왜?

울~~~레!
우유를 달란다

두 마디에 우유병을 들고
달려가는
함니 귀에 Candy

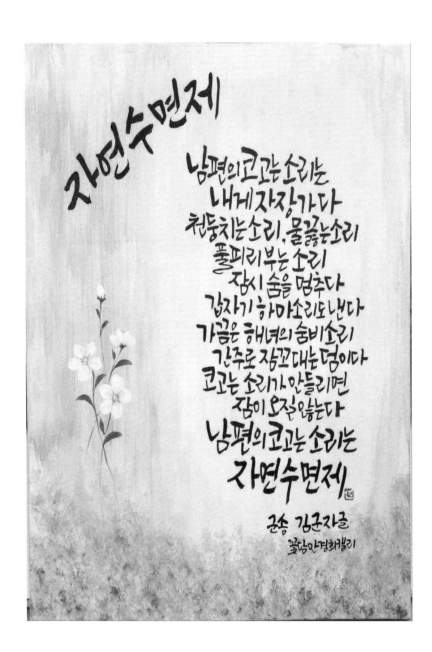

자연수면제

남편의 코고는 소리는
내게 자장가다
천둥치는 소리, 물끓는 소리
풀피리 부는 소리
잠시 숨을 멈추다
갑자기 하마소리도 낸다
가끔은 해녀의 숨비소리
간주로 잠꼬대는 덤이다
코고는 소리가 안들리면
잠이 오질 않는다
남편의 코고는 소리는
자연수면제

춘송 김춘자 글
꽃담안경혜빌리

# 자연 수면제

- 시 君松 김군자, 손글씨 꽃담 안경희


남편의 코 고는 소리는
내게 자장가다

천둥 치는 소리
물 끓는 소리
풀피리 부는소리

잠시 숨을 멈추다
갑자기 하마 소리도 낸다

가끔은 해녀의 숨비소리
간주로 잠꼬대는 덤이다

코 고는 소리가 안 들리면
잠이 오질 않으니

남편의 코 고는 소리는
자연 수면제

해후


그렇게 오랜 날 잠들지 못해
습관처럼 길들어진 많은 밤은
아주 먼 추억 속 너에게로
나를 데리고 간다

꼭꼭 접어 두었던 마음
조심스레 열어보니
아직도 숨죽이며 내 속에
살고 있는 너

떨리는 마음은 못다 한 날들을
아쉬워하며
이 밤 너와 해후한다

# 거울 속 여인

거울을 들여다본다
오늘따라 거울 속 여인이 낯설다

거울 속 여인의 무표정한 얼굴이
나를 물끄러미 바라본다
세월이 앗아간 흔적이 보인다
저 눈, 코, 입, 귀
많이 본 모습이다

거울 속 여인은 난데
나는 여인이 낯설다
오늘도 나는 거울 속 여인을
통해 나를 찾는다

진정한 나는 어디에

# 샬롬의 삶

내려놓고 살면 불평할 것이 없고
감사하고 살면 원망할 것이 없다

기뻐하고 살면 만사가 행복하고
사랑하고 살면 삶이 아름답다

욕심을 버리면 있는 것으로 만족하고
미움의 끈을 놓으면 자유가 찾아오니
이런 샬롬의 삶을 살고 싶다

## 그리움

그리움 한 자락 베고 잠을 청한다.
혹여 널 만날까 꿈길 떠나고

그리움의 한숨소리 지구를 맴돌다
너의 귓가에 닿으면

별빛 오작교에 걸어둔 그리움 보고
지체 말고 그리로 달려오렴

제1회 원송 문학회 시화전

**행사내용**
* 원송문학회 시화전 작품전시
* 시낭송회

2023. 3. 17(금), 18(토), 19(일), 25(토), 26(일)

● 장소 : 솔의 정원 (경기도 파주시 광탄면 쇠장이길 207)  ● 연락처 : 010-5347-6985

문의 : 010-4842-8333
010-5347-6985

주최 : 원송문학회

# 혜송(慧松) 김명애

1960년 서울 생
40년 6개월 교직 생활
초등학교 교장으로 퇴임
원송문학회 정회원

# 가슴이 뛴다

- 시 慧松 김명애, 손글씨 열음 채혜숙

켜켜이 쌓인 검은 돌
뺨에 닿는 싸늘함 속에
오름을 오르면 펼쳐진 바다
그 풍경이 신비롭다

한걸음 오름길
거친 숨소리
오름길 내려오면
정겨운 카페에 쉬어간다

비가 내리면
해안길 따라
들려오는 행복 멜로디
절로 나는 흥얼거림

바람이 불어도
비가 내려도
햇빛이 쨍쨍해도
여기선 여전히
가슴이 뛴다

# 초대

정갈하게 차려진
나무식탁 위의 음식
가지런한 은수저에
내 눈은 휘둥그레

서로를 향한 대화
꾸러미가
빛이 난다

덕담의 한수저
화답하는 한젓가락
풀어내는 한접시 담기는 한공기
지붕위 빗소리가
연주회를 시작하면 주인장을 향한
감사의 두손을 모은다

이천이상촌의 봄 ⓒ소녀북생 윤현숙

# 초대

– 시 慧松 김명애, 손글씨 붓샘 윤현숙


정갈하게 차려진
나무 식탁 위의 음식

가지런한 은수저에
내 눈은 휘둥그레

서로를 향한
대화 꾸러미가 빛이 난다

덕담의 한 수저
화답하는 한 젓가락
풀어내는 한 접시
담기는 한 공기

지붕 위 빗소리가
연주회를 시작하면
주인장을 향한
감사의 두 손을 모은다

# 사람 !

반듯한 이목구비
제주를 닮은 그녀

제주의 따뜻한 색채
그녀의 공간

돌담 안 봄 소리에
눈 뜨는 생명들

그녀는 닮고 싶은
제주의 아름다움

# 사람 2

맑은 표정
진실한 말
겸손이 배인 그녀

당당한 매력
고객 배려
직원들과의 소통
그녀는 사장님

그녀는
제주 강인함의 상징

# 이 나이에도

나는 아직

오름을 오르고
바람을 맞으며
노을을 보며
바다색에 가슴이 뛴다

갈대처럼 흔들리지만
노을 속에 묻어버리고

뛰는 가슴 살포시
바다 위로 띄운다

# 홍송(紅松) 김명희

경북 예천에서 태어남
원송박물관 실장
2004년 한겨레 문학 등단
한국문인협회 회원
원송문학회 정회원
가온재가복지센터 센터장

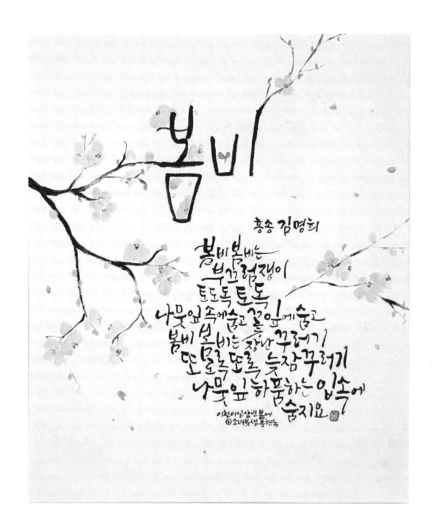

봄비

홍송 김명희

봄비 봄비는
부끄럼쟁이
토도독 토독
나뭇잎 속에 숨고 꽃잎에 숨고
봄비 봄비는 장난꾸러기
또로록 또로록 늦잠꾸러기
나뭇잎 하품하는 입속에
숨지요

이천이십삼년 봄에
ⓒ초려박선생 홍영숙

# 봄비

- 시 홍송 김명희, 손글씨 윤현숙


봄비
봄비는
부끄럼쟁이

토도독   토독

나뭇잎 속에 숨고
꽃 잎 속에 숨고

봄비
봄비는
장난꾸러기

또로록 또록

늦잠꾸러기 나뭇잎
하품하는 입 속에 숨지요

# 물오름달

– 시조 홍송 김명희, 손글씨 박윤규


지축을 뒤흔들고
마음을 흔들더니

초록빛 얼굴하나
새롭게 내밀었다

나무에 등불 밝히는
물오름달 열 닷세

# 시샘달

항아리 깨진다는
시샘달 정월 그믐

오늘이 우수라고
호들갑 떨다 보니

문 앞에
봄이 왔다네
짧아지는 치맛단

# 무명

내 눈을 가리면
되는 줄 알았지

작은 내 손으로
두 눈을 가리면

하늘도
가려질 줄 알았지

탐(貪) 진(眞), 치(痴)
어두운 날에는

# 벗

창밖에 눈썹달
찻잔에 띄우고

문설주에 기대어
꼰지발 세우는데

그립다 한마디는
벌써 천 리 밖

46_ 솔의 정원에서

# 미송(美松) 김혜자

연세대 농업개발원 원예학과 졸업
동덕여대교육원 유아교육과 졸업
보육교사
원송문학회 정회원

# 그리움

김혜자

겨울바람에
앙상한 가지들
찬바람 맞으며
힘겹게 울어댄다

머지않아 목련꽃
피는 봄이 오겠지

꽃을 무척이나 좋아하시던 울 엄마
민들레 홀씨 흩날리던
어느 봄날
꽃상여 타고 떠나셨다

웅크리고 있던
작은 꽃봉오리
기지개를 켜고
활짝 웃을 때면

목련꽃 같았던
울 엄마
더욱 그립다

# 그리움

겨울바람에
앙상한 가지들
찬바람 맞으며
힘겹게 울어댄다

머지않아 목련꽃
피는 봄이 오겠지

꽃을 무척이나 좋아하시던 울 엄마

민들레 홀씨 흩날리던
어느 봄날
꽃상여 타고 떠나셨다

웅크리고 있던
작은 꽃봉오리
기지개를 켜고
활짝 웃을 때면

목련꽃 같았던
울 엄마
더욱 그립다

## 산타 아버지

함박눈이 내리는 날이면
산타 할아버지
빨간 선물 자루
어깨에 메고

빨간 코 루돌프와
함박눈 위를
사각사각 소리 내며
달려올 것만 같다

어릴 적
크리스마스 밤이면
산타할아버지를
얼마나 기다렸던가

산타 할아버지는
착한 어린이에게만
선물을 주신다는데

항상 양말 자루엔

선물이 가득

눈 쌓인 걸 보고 있으면
아련하게
어릴 적 추억이 생각나
웃음 지어본다

산타 할아버지가
아닌
산타 아버지였다는걸…

# 인생 2막

가는 세월이 아쉬워

새롭게 맞는
오늘이…
내일이…
행복하길 빌어 본다

자식들 분가하고
가슴 한구석
휑한 바람불지만

이제부터
인생 2막 시작

개나리 진달래
피는 봄이 오면

나풀거리는 진달래색 치마 입고
훨- 훨-
봄나들이 가야지

# 나의 껍딱지

반려견 이름은 콩
하도 콩콩 뛰어다녀서
붙여준 이름

천둥 번개 치던 어느 날
길에서
길에서 데리고 온 유기견

눈도
귀도 어두운
할배가 된 콩

이제는 잠시도 떨어지기 싫은
나의 껍딱지
할배여도 괜찮아 …

## 콩이는 할배

나는 요즘 캠핑에 매력을 느껴 캠핑을 자주 가려고 한다. 남들은 캠핑은 나이가 들면 힘들다고 호텔, 리조트 이런 데를 가야 한다고 하지만 나는 힘들어도 캠핑이 주는 감성과 재미에 푹 빠졌다. 물론 호텔, 리조트도 좋아한다. 그래서 그런 곳도 가지만 캠핑은 힘들어도 나에게 주는 묘한 묘미가 있다.

또한 사람이 사는 데 있어 오늘이 남은 생에 제일 젊은 날이라고 하지 않는가! 그래서 더 나이가 들면 하고 싶어도 못할 것이니 조금이라도 젊었다고 생각이 들 때 한 번이라도 더 가보려고 한다.

나는 요즘 기회가 되면 내가 키우고 있는 반려견과 캠핑을 자주 가려고 한다.

반려견 이름은 콩! 하도 콩콩 뛰어다녀서 붙혀준 이름이다. 아들이 결혼 전 유기견을 데려와 키우다 결혼하면서 내가 전적으로 키우게 됐다

바람이 거세게 불고 천둥 번개 치던 어느 날, 올 아들이 길에서 오돌오돌 떨고 있던 강아지를 데리고 왔다. 그날이 엊그제 같은 데 어느덧 세월이 흘러 이제는 할배가 되었다. 눈도 귀도 예전 같지가 않다.

나는 요즘 늙어가고 있는 콩이를 멍하니 바라보곤 한다.

마음이 아려온다. 머지않아 내 곁을 떠나겠지. 눈물이 난다. 그때는 어떡하나.

그전에도 가끔 여행을 갈 때 콩이를 데리고 다니곤 했지만 이제는 콩이가 더 힘들어지기 전에 여행을 더 많이 데리고 다니고 싶다.

얼마나 같이 다닐 수 있을까. 콩이를 데리고 다니면 힘이 든다. 하지만 손도 많이 가고 힘들어도 나는 콩이와 다니는 것이 너무 행복하다. 울 콩이가 나하고 여행 다니는 걸 나이가 들어, 몸이 힘들어, 버거워하지 않고 나와 같이 행복해 했으면 좋겠다.

콩이야 행복해할 거지? 빨리 추위가 갔으면 하고 바란다. 추위만 가시면 울 콩이 옆에 태우고 캠핑 장비 가득 싣고 콩이가 뛰어놀 수 있는 경치가 좋은 곳으로 여행을 떠나야지.

울~ 할배 콩! 할배여도 괜찮으니 아프지만 말고 건강해서 여행 같이 다니며 행복하게 오래오래 같이 살자꾸나.

사랑한다~ 콩!

56_ 솔의 정원에서

# 원송(園松) 안기풍

시인, 기업인, 발명가, 농업인
1963년 충남 연기 출생
계간 『아시아 문예』 2022년 등단
철탑산업훈장 수훈(2014년)
(주)캐노픽스 대표이사
코리아핫픽스 대표
광탄면 지역사회보장협의체 위원장
파주 캔아저씨 근대사박물관 관장
별천지 萬卷堂 주인장
원송문학회, 아송문학회 정회원

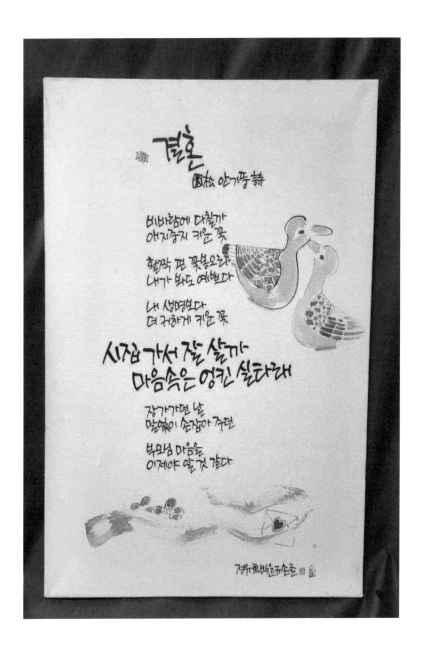

# 결혼

- 시 園松 안기풍, 손글씨 박윤규


비바람에 다칠까
애지중지 키운 꽃

활짝 핀 꽃봉오리
내가 봐도 예쁘다

내 생명보다
더 귀하게 키운 꽃

시집가서 잘 살까
마음속은 엉킨 실타래

장가가던 날
말없이 손잡아 주던

부모님 마음을
이제야 알 것 같다

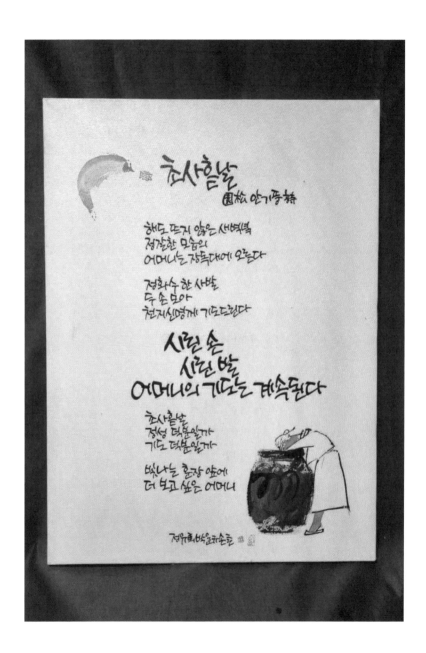

# 초사흘날

– 시 園松 안기풍, 손글씨 박윤규

해도 뜨지 않은 새벽녘
정갈한 모습의
어머니는 장독대에 오른다

정화수 한 사발
두 손 모아
천지신명께 기도 드린다

시린 손
시린 발
어머니의 기도는 계속 된다

초사흘날
정성 덕분일까
기도 덕분일까

빛나는 훈장 앞에
더 보고 싶은 어머니

# 선자씨의 된장찌개

하나의 음식은
정성이며 생명이다

칠순 궁중요리가
형수님의 구수한
된장찌개는 밥도둑

지쳤던 몸이
벌떡 일어나고
그리워지는 엄마의 맛

보글보글 끓여주는
뚝배기 속에 담긴
형수님의 사랑

선자씨의 된장찌개는
지친 영혼을 쉬게 한다

# 부모 1

서울 사는
둘째 아들 내려온다

어머니는
대문 활짝 열고

우리 아들 언제 오나

마당 몇 바퀴 돌고
동네 입구 서낭당만
바라본다

무뚝뚝한 아버지
거실에서
담배 연기 길게 내뿜는다

보고픈 어머니 얼굴
나는 응석받이가 되고

밥상에는 세상 진미가
다 모여 있다

## 부모 2

서울로 올라가는
둘째 아들

보따리 속에
호박 하나 고추 한 줌
꽁꽁 싸매놓은 참기름병 하나

아들은 늙은 부모
또다시 볼 수 있을까
가던 걸음 뒤돌아보고

부모님은 동구 밖에서
손 흔들어 주신다

지금 가면 언제 오나
또 언제 볼 수 있으려나

두 마음이 하나가 된다

# 안영순

1962년 충남 아산 출생
경기도 일산 거주
원송문학회 정회원
한국방송통신대 졸업
청소년 자살예방 강사
현재 삼성생명 FC 근무

그리움

시 안영순
손글씨 이양희

명치끝을
후벼파는 이것이
그리움일까요
눈물이 이토록 흐르는 것은
그리움일까

보고싶어도
보고 싶다고 말못하는것이
그리움일까

그리움
그리움
담아둘곳 없어
엄동설한 바람이 세찬날
싸락눈 내릴때
마른 나뭇가지 위에
걸어놓았습니다

그리움......
한참을 걸어 뒤돌아보니
사람들 위에
그리움이 걸려있습니다

Yanghee

# 그리움
- 시 안영순, 손글씨 이양희


명치끝을
후벼파는 이것이
그리움일까요
눈물이 이토록 흐르는 것은
그리움입니까

보고 싶어도
보고 싶다고 말 못하는 것이
그리움입니까

그리움
그리움
담아둘 곳 없어
엄동설한 바람이 세찬 날
싸락눈 내릴 때
마른 나뭇가지 위에
걸어놓았습니다

그리움 …
한참을 걸어 뒤돌아보니
사립문 위에
그리움이 걸려있습니다

# 어머니

무탈하라고
팥단지 곱게 빚어
입에 넣어 주신 사랑

찬바람이 사립문 흔들 때
화롯불에 묻어두었던
고구마 껍질 벗겨 주시던 어머니

잘하지 못한 것 같아
목메어 어머니 당신이 그립습니다
만져보고 싶습니다
안아보고 싶습니다

# 봄이 오면

가보자
가보자
평화의 세상으로

가보자
날아보자
행복한 세상으로

봄 햇살 눈부신
따스한 세상 속으로
달려가 보자

진달래꽃 색깔
봄바람이
옷깃을 열게 하네

움츠린 어깨 활짝 펴고
왈츠가 있는 세상에서
딩가딩가
이젠 딩가딩가

# 봄

봄이 오고 있나 보다

문틈 사이로 새어 들어오는
바람이 싫지 않다

성큼성큼 오지 못하는 것을 보니
수줍어 꽃단장을 하나 보다

내가 너를 기다린다는 것을
아는 걸까

그냥 와도 좋은데
봄이어서 좋은 건데
너여서 좋은 건데

봄을 기다리는 내 모습은
이미 봄이다

# 손수건

보고 싶다 말해 놓고
고개 돌립니다

말하지 말걸
후회하며 눈물 감춥니다

사랑받고 싶은 마음
들킬까 봐
눈을 감습니다

외롭다 말해 놓고
비단 손수건으로
살포시 얼굴 가려봅니다

# 취공(翠空) 유장수

1963 경기도 안성 출생
2023년 아시아문예지 등단
전 공군 전투조종사
현 항공사 기장
원송문학회 정회원

# 공간의 행복

장시간의 비행
한정된 공간
내가 감내할 수 있는 공간은

다리를 뻗을 수 있는 공간
누울 수 있는 공간
등만 기댈 수 있는 공간

같은 비행기를 타고
같은 목적지이지만
내가 행복해야 할 공간은
내가 감내할 수 있는 공간은
어디까지인가

목적지에
누가 기다리고 있냐
무엇을 할 것인가
가야만 하는 이유가 있나에 따라
행복 공간은 다르다

공간의 행복
그러나 나는
누울 수 있는 공간이면
더욱 더 행복하다

# 헌 옷

정리하자 맘먹었는데
버리자 맘먹었는데
아깝다는 생각에 주저한다

살 때는 입고 싶어서 샀는데
한 번도 안 입었다
어느새 쓰레기가 되어 버린 옷

한 번도 안 입어도
집에 쌓아둔 건
어떤 욕심인가

벌거벗고 왔는데
어느새 평생 입어도 될 옷이 있네

버리자 버리자
이젠 올 때처럼 갈 때가 되지 않았는
가

# 김치찌개

행복
먹는 것은 행복이다
특히 맛있는 것을 먹을 때
행복감은 말도 못 한다

봄이 되면
냉이 달래 된장국
가을에 찬 바람 불면
청국장
침샘이 돈는다

겨울이 끝나갈 무렵
신 김치가 두부와 만나면
행복 요리가 탄생한다

김치찌개는 예술이다
오늘도 김치찌개로
행복에 취해 본다

# 사람이 쏘아 올린 별

사람이 쏘아 올린 별
인공위성

나는 볼 수 없지만
별이 나를 다 보고 있네

내가 뭘 하는지
뭘 보는지
무엇을 먹는지

어디로 가는지
누구랑 있는지

내가 어렸을 적
별을 보고 꿈을 보고
상상의 나래를 펼쳤는데

이제는 별이 나를 보고
상상의 나래를 펼치네

오늘은 어디를 가며
누구랑 있을 것이며
무엇을 먹을 것인가

별은 항상 나와 연결이 되어 있으니
우린 아주 가까운 친구다

# 상대 속도 제로


사람 이름을 가진
비행기에 탄 영혼들

인생의 긴 여정을
항행한다

방향이 다르기도
같기도 하다

방향이 같다면
상대 속도 제로다

상대 속도 제로는
시간이 멈춰 있는 것 같기도 하고
세월을 느낄 수도 없다
많은 것을 주고받을 수도 있고
새로운 영혼을 탄생시킬 수도 있다

힘들고 지쳐도
서로의 격려와 용기로

영혼의 여행이 지치지 않는다

방향이 다르면
잠시 스쳐 갈 뿐
언제 다시 만날지 모른다

# 글샘 윤하경

(전)파주 법원초·천현초교사
(전)서영대 사회복지행정학과 겸임교수
현)파주보육원 원장
현)원송문학회 정회원

# 용기

윤하경

너무 늦은 건 없다

나이 칠십이 넘어
시를 쓴다

잊고 지냈던 지난날이
새록새록 떠올랐다

일상을 새로운
눈으로 바라본다

뒤늦게 깨달았다

무언가 시작하기에
칠십은
너무 편안한 나이다

# 용기

너무 늦은 건 없다

나이 칠십이 넘어
시를 쓴다

잊고 지냈던 지난날이
새록새록 떠올랐다

일상을 새로운
눈으로 바라본다

뒤늦게 깨달았다

무언가 시작하기에
칠십은
너무 편안한 나이다

# 겨울 아침

윤하경

새벽에는
소리 없이 눈이 내리고

안녕이라 말도 못하고
내리는 비에
녹아 버렸다

봄은 아직 멀었는데

처마 끝을 흔드는
빗소리와
꽃샘바람이
머지않아
봄과 함께 오지 않을까

# 겨울 아침

새벽에는
소리 없이 눈이 내리고

안녕이라 말도 못하고
내리는 비에
녹아 버렸다

봄은 아직 멀었는데

처마 끝을 흔드는
빗소리와
꽃샘바람이
머지않아
봄과 함께 오지 않을까

# 건망증

매일 반복되는
잊혀진 기억 조각들
인생이 만만한가
인생이 하찮은가
작은 일
하나에도
큰 뜻이 숨어 있을 텐데

오늘도
기억 창고에서
애써
끌어올려 본다
가만히
문 두드리며
기다려 본다
미간을 찌푸리고
맘속 깊은 곳
들여다본다

내가
한 말들

내가
한 행동들
거슬러 거슬러
올라가다 보면
만나질까
나의 기억 한 조각을

## 내 제자 영례

처음 만났을 때
화려한 외모보다
눈이 참 깊고 아름다워
숨이 멎을 뻔했다네
저 큰 눈망울이 무얼 말하려나
궁금했다
저
할 얘기가 많아요
혼자는 외로워요
누구라도 함께 있어야 해요
크고 아름다운 눈동자는
말을 걸어왔다
수 많은 사람들 틈에
하마터면
놓칠 뻔했다
그녀의 아픔과 슬픔을

알고 보니 그녀는
사랑의 원자폭탄
한없이 주고 또 주는 맑은 샘물

만나서
참 좋아요
당신은
제 인생의 최고의 선물입니다

도리어
감동과 용기와
기쁨을 주는
나의 사랑스러운 제자 영례

# 미소 천사 예랑

토실토실 볼살
까만 눈썹
한번 웃어주면
사람 마음 단번에
녹여내는
신비한 반달 눈꼬리의
다섯살 꼬마 아가씨

– 예랑아
너는 세상에서 젤루 이쁜
미소 천사야
– 아니~
원장 엄마가 미소 천사야

지금
미소 천사는
원하는 대학에 합격했다
어엿한 숙녀가 되었고
수학교사가 꿈이다

그녀는
여전히 미소천사다

# 임정숙

중앙대학교 체육학 박사
현) 한국생활체육지도자협회장
원송문학회 정회원

# 춤사위

임정숙

치맛자락 움켜잡고
선율에 맞추어 춤을 춘다

하얀 버선발
한 걸음 한 걸음 내딛으며
인생의
욕심도 내려놓는다

둘 데 없는 마음
춤사위에
하나 둘 날려 보낸다

아린 가슴
눈물에 녹아내린다

# 춤사위

치맛자락 움켜잡고
선율에 맞추어 춤을 춘다

하얀 버선발
한 걸음 한 걸음 내딛으며
인생의
욕심도 내려놓는다

둘 데 없는 마음
춤사위에
하나 둘 날려 보낸다

아린 가슴
눈물에 녹아내린다

# 다면(多眠) 정용호

공학박사
(현) 서영대학교 전기전자과 교수
전기기능사, 기능장,
기능경기대회 심사위원
파주문화예술포럼 이사
- 밴드분과(직장인밴드)
원송문학회 정회원

# 새봄

다면 정용호

하얀 나뭇가지에 봄바람이 불고
우리 집 뒷동산에 새 봄이 찾아 왔네

저멀리 산 너머에 봄바람이 불고
온동네 집집마다 새 봄이 찾아 왔네

겨우내 잠들었던 개구리 깨어나고
따스한 햇살이 앞 마당을 비추네

눈녹아 아지랑이 구름이 되었네

# 새봄

하얀 나뭇가지에 봄바람이 불고
우리 집 뒷동산에 새봄이 찾아왔네

저 멀리 산 너머에 봄바람이 불고
온 동네 집집마다 새봄이 찾아왔네

겨우내 잠들었던 개구리 깨어나고
따스한 햇살이 앞마당을 비추네

눈 녹아 아지랑이 구름이 되었네

# 지구가 놀랄걸

지구는 지금까지 세번 놀란 적이 있다.

처음 태어나며 빵!
폭발로 시작되어 깜짝 놀랐었다.
그 뒤에 행성이 날아와 부딪히며 쿵!
두 번째로 많이 놀랐고, 많이 추워졌다.

세 번째는 서로 싸우다 핵폭발을 일으키며 펑!

처음과 두 번째와 다른 점은
여기에 사는 사람이 그런 거라서
너무 서운하기도 했었다.

이제 더 이상은 놀라게 하지 말았으면

# 너의 곁에 있어

너의 곁에 있어 외롭지 않다면
나 너의 마음속에서 같이 있을래

너의 곁에 있어 슬프지 않다면
나 너의 두 눈 속에서 언제나 있을게

힘들고 지쳤을 때 네 곁을 지켜줄게

언제 어디서나 너만을 생각해

내 곁에 있어 내게 기댈 수 있다면
나 너를 품에 안고서 이 노래 불러줄게

# 잃어버린 꿈을 찾아서

내 어린 시절에 작은 꿈이 있었지

끝없이 넓은 세상을 향해
조그만 배타고 노 저어 가리라
거친 파도를 넘어 그 곳에 가리라

잃어버린 꿈을 찾아서 미지의 그곳으로
잃어버린 꿈을 찾아서 나의 작은 꿈 싣고
그곳엔 사랑이 있고 그 곳엔 평화가 있네

# 글벗 최봉희

시조문학 등단
한국문인협회, 한국시조시인협회
국제펜클럽, 글벗문학회 회원
계간 글벗 편집주간, 글벗문학회 회장
종자와시인박물관 운영위원
한탄강문학상과 백일장 운영위원
저서 -시조집 『사랑꽃』 외 7권
수필집 『사랑은 동사다』 외 2권

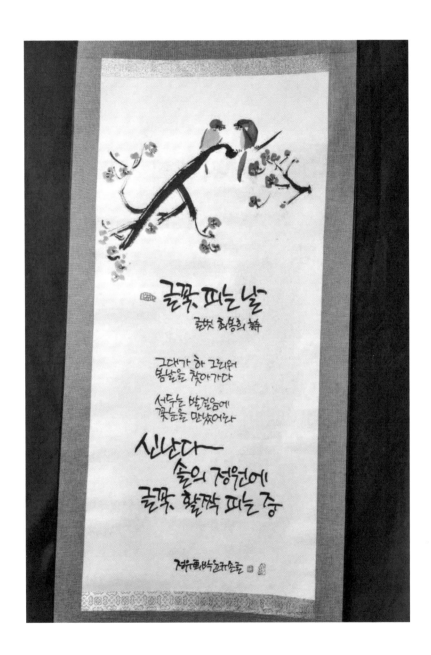

# 글꽃 피는 날
– 시조 글벗 최봉희, 손글씨 박윤규


그대가 하 그리워
봄날을 찾아가다

서두는 발걸음에
꽃눈을 만났어라

신난다
솔의 정원에
글꽃 활짝 피는 중

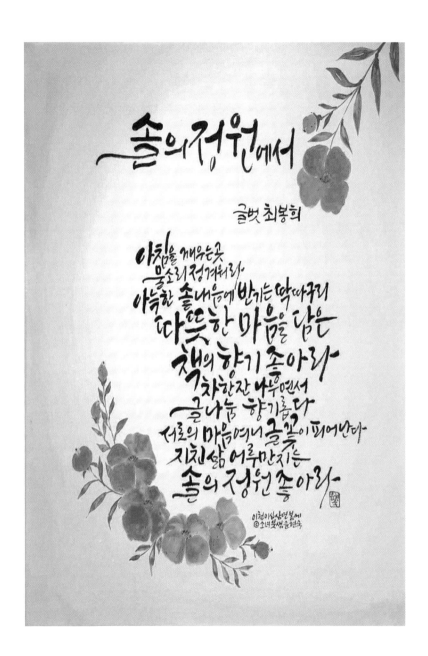

솔의정원에서

글벗 최봉희

아침을 깨우는곳
물소리 정겨워라
아늑한 솔내음에 반기는 딱따구리
따뜻한 마음을 담은
책의 향기 좋아라
차 한잔 나누면서
글나눔 향기롭다
서로의 마음 열어 글꽃이 피어난다
지친삶 어루만지는
솔의 정원 좋아라

이천이십삼년 봄에
ⓒ소녀꽃샘 윤현숙

# 솔의 정원에서

-시조 글벗 최봉희, 손글씨 붓샘 윤현숙

아침을 깨우는 곳
물소리 정겨워라
아늑한 솔 내음에
반기는 딱따구리
따뜻한 마음을 담은
책의 향기 좋아라

차 한 잔 나누면서
글 나눔 향기롭다
서로의 마음 여니
글꽃이 피어난다
지친 삶 어루만지는
솔의 정원 좋아라

# 마음을 열다

파주 카빈아저씨 근대사박물관에서
시조 글벗 최분희
손글씨 도담 이양희

한아이 우표수집
어릴적 꿈을 이룬
세상을 밝힌 생각
그 마음 빛이 난다
소중한 문화를 찾는
사랑 눈길 뜨겁다

한평생 모은 시간
역사를 이루었다
서로의 마음을 여는
이야기 가득해라
추억을 문화로 담아
숨을 쉬는 박물관

# 마음을 열다
– 파주 캔아저씨근대사박물관에서

시조 글벗 최봉희, 손글씨 도담 이양희

한 아이 우표수집
어릴 적 꿈을 이룬
세상을 밝힌 생각
그 마음 빛이 난다
소중한 문화를 찾는
사랑 눈길 뜨겁다

한평생 모은 시간
역사를 이루었다
서로의 마음 여는
이야기 가득해라
추억을 문화로 담아
숨을 쉬는 박물관

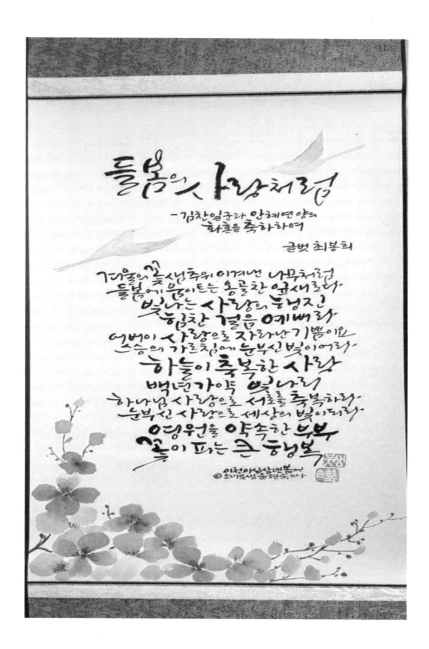

# 들봄의 사랑처럼
- 김찬일 군과 안혜연 양의 화혼 축시

시조 글벗 최봉희, 손글씨 붓샘 윤현숙

겨울의 꽃샘추위
이겨낸 나무처럼
들봄에 움이 트는
옹골찬 잎새로다
빛나는 사랑의 행진
힘찬 걸음 예뻐라

어버이 사랑으로
자라난 기쁨이요
스승의 가르침에
눈부신 빛이어라
하늘이 축복한 사랑
백년가약 빛나네

하나님 사랑으로
서로를 축복하라
눈부신 사랑으로
세상의 빛이 되라
영원을 약속한 부부
꽃이 피는 큰 행복

# 다시 뜨는 연

- 파주 연박물관에서


나쁜 액 날아가라
복 받길 소망하며
우리네 가족 기원
모든 일 잘 되소서
해마다 두 손을 모아
희망의 연 날리네

호랑이 용맹하라
용이여 승천하라
우리의 연날리기
지키자 우리 문화
파주에
다시 뜨는 별
연 박물관 빛나라

# 김미선

1978년 전북 장수 출생
전주대학교 도시공학과 졸업
(현) 코리아핫픽스 재직 중
시인 작가 지망생
원송문학회 회원

# 어느 엄마의 푸념

뼈 빠지게 아들 키워 놨더니
자기가 잘나 잘 된 줄 알고

공들여 아들 키워 놨더니
대학 가서 주(酒)만 사랑하고

멋지게 아들 키워 놨더니
엄마보다 다른 여자 좋다 하고

효도하라고 키워 놨더니
품에서 떠날 생각만 하네

뭐가 돼도 될 잘난 놈아
군대 간 거 진심 쌤통이다

# 원송문학회
# 연혁과 그 발자취

# 원송문학회 연혁

2022년 4월 원송문학회 창립
　　4월 발기인 모임 개최
2023년 3월 제1회 원송문학회 시화전
　　3월 첫 동인지 『솔의 정원』 발간

# 원송문학회 회원 명단

**회　　장** 김군자
**이사 / 감사** 권혁국
**사무총장** 안기풍
**회　　원** 김명애
　　　　김명희
　　　　김혜자
　　　　박영미
　　　　고종국
　　　　안명숙
　　　　안영순
　　　　유장수
　　　　윤하경
　　　　임정숙
　　　　전광재
　　　　정용호
　　　　최봉희
　　　　김미선

2023 원송문학회 동인지 제1집

# 솔의 정원에서

**인 쇄 일** 2023년 3월 17일
**발 행 일** 2023년 3월 17일
**지 은 이** 원송문학회
　　　　　(☎ 031-948-8945)
**펴 낸 곳** 도서출판 글벗
**출판등록** 2007. 10. 29(제406-2007-100호)
**주　　소** 경기도 파주시 와석순환로 16,(야당동)
　　　　　롯데캐슬파크타운 905동 1104호
**홈페이지** http://guelbut.co.kr
**E-mail** juhee6305@hanmail.net
**전화번호** 031-957-1461
**팩　　스** 031-957-7319
**가　　격** 15,000
**I S B N** 978-89-6533-249-7 04810